Bildnachweis
© Arco Images – Marcus Siebert: S. 13 (l.); A. Sommer: S. 16 (r.); Wild Wonders of Europe/Wothe: S. 8
© blickwinkel – allOver/PBA: S. 11 (o.); H. Bellmann: S. 17 (o. r.); W. Buchhorn/F. Hecker: S. 21 (o. M.); J. P. Burkhardt: S. 29 (l.); M. Delpho: S. 25 (o. r.); S. Derder: S. 7 (o. l.); P. Espeel: S. 21 (u. l.); G. Franz: S. 7 (u. r.); P. Frischknecht: S. 7 (o. r.), S. 11 (u.); S. Gerth: S. 21 (o. l., u. M.), S. 27 (l.), S. 33 (o. r.); A. Hartl: S. 7 (u. l.); F. Hecker: S. 10 (l.), S. 15 (o. M.), S. 16 (l.), S. 19 (u. l.), S. 20 (r.), S. 32, S. 33 (u. l.); A. Held: S. 5; Thomas Hinsche: S. 19 (o.); R. Kaufung: S. 25 (u. r.); R. Koenig: S. 17 (u.); A. Kosten/J. Kosten: S. 31 (o.); A. Laule: S. 13 (r.); D. Mahlke: S. 24 (l.), S. 24 (r.); McPHOTO: S. 19 (u. M.), S. 21 (o. r., u. r.); McPHOTO/H.-R. Mueller: S. 15 (u. r.); McPHOTO/M. Schaef: S. 20 (M.); McPHOTO/A. Trunk: S. 33 (o. l.); S. Meyers: S. 25 (u. l.), S. 27 (o. r., u. r.); W. Pattyn: S. 15 (o. l.); J. Peltomaeki: S. 19 (u. r.); H. Pieper: S. 23; D. u. M. Sheldon: S. 10 (r.), S. 15 (u. M.), S. 25 (o. l.); F. Teigler: S. 15 (o. r., u. l.); M. Woike: S. 20 (l.); B. Zoller: S. 17 (o. l.)
© mauritius images – Bahnmueller: S. 33 (u. r.); Stefan Kiefer: S. 29 (r.); Ulrich Niehoff: S. 28 (l., r.); Adelheid Nothegger: S. 4 (o. l.); Harald von Radebrecht: Cover; Franz Christoph Robiller: S. 22
© Shutterstock – Darq: S. 6; Piotr Krzeslak: S. 31 (u.); Aleksandar Mijatovic: S. 2; Photolinc: S. 32/33

Originalausgabe

www.hase-und-igel.de
Lektorat: Anna Schultes, Monika Burger
Satz: Claudia Trinks
Illustrationen: Hendrik Kranenberg
Druck: Grafisches Centrum Cuno GmbH & Co. KG

ISBN 978-3-86760-790-2
1. Auflage 2015

Veronika Straaß

Der Wald

Ein Lebensraum für Tiere und Pflanzen

Hase und Igel®

Land der Wälder

Was würde wohl passieren, wenn man ein Stück Land ganz in Ruhe lässt? Wenn niemand das Gras mäht oder das Feld umpflügt? Wenn nichts und niemand stört, wird bei uns aus einer Wiese oder einem Acker in ein paar Jahren ein Wald.

Federleichte Samen von Goldrute und Weidenröschen, aber auch von Weiden und Pappeln trägt der Wind überallhin. Sie sind die Ersten, die sich auf einem verlassenen Stück Land ansiedeln. Auch die Samen von Ahorn und Esche fliegen oft sehr weit – bald zeigen sich winzige Bäumchen. Vögel verbreiten ebenfalls Samen: Haben sie zuvor Beeren gefressen, landen mit jedem Häufchen Vogelkot ein paar Beerenkerne auf der Erde und keimen. Schon nach etwa zehn Jahren wäre von dem Acker oder der Wiese nichts mehr zu sehen.

Vor sehr langer Zeit war unser ganzes Land mit Wäldern bedeckt. Wenn der Boden weder zu nass noch zu trocken war und die Tiere nicht zu viele Keimlinge wegfraßen, wuchsen überall Bäume. Wald ist also genau das, was die Natur bei uns „haben will".

Schlaue Frage

Wie viel Wald gibt es in Deutschland?
Ungefähr ein Drittel des Landes ist mit Wald bedeckt. Am wenigsten Wald gibt es im Norden.

Für Forscher

Nimm dir vier Stöckchen und ein langes Stück Schnur und steck dir am Waldrand ein Viereck ab, etwa einen Schritt lang und breit. Zähle jetzt einmal, wie viele Bäumchen in deinem Viereck wachsen. Unglaublich, oder?

Wald – was ist das?

Der Wald ist ein riesiger Wasserspeicher: Deshalb fließen hier die Bäche auch dann noch, wenn außerhalb des Waldes schon alles ausgetrocknet ist.

Mein Lexikon

Klima:
Schaut man sich das Wetter in einem großen Gebiet über mindestens dreißig Jahre an, weiß man, welches *Klima* dort herrscht. Das Wetter kann rasch umschlagen, das Klima hingegen nicht so schnell. Auch Lebensräume wie Wälder oder Wiesen haben ein eigenes Klima, ein sogenanntes Mikroklima.

Wenn ein paar Bäume in einer Gruppe zusammenstehen, ist das dann schon ein Wald? Nein, Bäume werden erst dann zum Wald, wenn sie so hoch sind und so dicht stehen, dass sich in der Baumgruppe ein eigenes Klima entwickelt: Im Wald ist es meistens windstill, auch wenn draußen starker Wind weht. Es bleibt angenehm kühl, selbst an einem heißen Tag, an dem man sogar im Schatten schwitzt. Und wenn es vor dem Wald so kalt ist, dass die Finger blau werden, ist es zwischen den Bäumen immer noch gut auszuhalten.

Doch Bäume können noch mehr. Im Wald ist die Luft viel sauberer als im Umland, denn Staub bleibt zum größten Teil an Blättern und Nadeln hängen. Wälder speichern außerdem Unmengen von Wasser. Der lockere Boden wirkt nämlich wie ein Schwamm, der das Wasser nur langsam wieder abgibt. Die Bäume des Waldes „schwitzen" über ihre Blätter und Nadeln aber auch Wasserdampf aus. So tragen Wälder dazu bei, dass sich Wolken bilden und das Wasser als Regen wieder zur Erde fallen kann.

Mein Lexikon

Spalt-öffnungen:
Die vielen winzigen Öff-nungen, die in der Haut der Blätter sitzen – meistens an der Unterseite –, heißen *Spaltöffnungen*. Über diese Spalte kann Luft ins Blatt gelangen und umgekehrt Wasserdampf ausgeschieden werden.

Für Forscher

Miss mit einem Thermo-meter an einem warmen Tag am Waldrand im Schatten die Temperatur. Geh dann ein Stück in den Wald hinein und miss noch einmal, wie warm es ist. Wetten, dass es im Wald deutlich kühler ist?

Jeder Wald ist anders

Wald ist Wald? Von wegen! Manche Bäume mögen trockenen Boden, andere haben es lieber feucht, die einen sind „hungrig“ und brauchen viele Nährstoffe, andere sind richtige Hungerkünstler. Manche halten Kälte gut aus, andere kommen mit Hitze besser zurecht. Wo sich weder Menschen noch Tiere einmischen, wachsen genau die Wälder, die am besten zur Temperatur, zur Feuchtigkeit und zur Art des Bodens passen.

Wälder, in denen Laubbäume und Nadelbäume gemeinsam vorkommen, heißen **Mischwälder**. Den Förstern ist so ein Wort aber viel zu ungenau. Deshalb benennen sie einen Wald nach den häufigsten Baumarten, zum Beispiel: Fichten-Tannen-Buchen-Mischwald.

Mein Lexikon

Laubbaum:
Ein *Laubbaum* ist ein Baum mit Blättern. Die meisten unserer Laubbäume werfen im Herbst ihre Blätter ab.

Mein Lexikon

Nadelbaum:
Ein *Nadelbaum* trägt statt Blättern schmale, spitze Nadeln. Die Bäume behalten bei uns auch im Winter ihre Nadeln, nur Lärchen verlieren sie im Herbst.

Wo der Boden immer mit ausreichend Nährstoffen und Wasser versorgt ist, wachsen bei uns meist **Buchenwälder**. Wälder aus verschiedenen Laubbäumen nennt man Laubwälder.

Wo der eisige Wind über die Berge pfeift und der Schnee bis weit ins Frühjahr liegen bleibt, entstehen **Fichtenwälder**. Wälder nur aus Nadelbäumen wie Fichte, Tanne und Kiefer heißen Nadelwälder.

Auwälder wachsen entlang von Flüssen und werden mehrmals im Jahr überschwemmt. Den Weiden, Erlen und Pappeln machen nasse Füße überhaupt nichts aus.

Bruchwälder stehen das ganze Jahr im Wasser. Moorbirke, Weide und Erle halten das ohne Weiteres aus. Zwischen ihren Stämmen wachsen Gräser und Blumen, die Feuchtigkeit mögen.

Von den Wurzeln bis zu den Wipfeln

Ein Wald erinnert ein bisschen an ein Haus mit Keller, Erdgeschoss und mehreren Stockwerken. Jede Etage bildet einen eigenen Lebensraum. Ganz unten kommt die **Wurzelschicht**. Hier sind die Wurzeln der Bäume und der anderen Pflanzen im Boden verankert. Dazwischen sind Regenwürmer, Tausendfüßer und andere kleine Tiere zu Hause. Mäuse und Dachse graben ihre Gänge. Eidechsen und Frösche überwintern im Keller des Waldes.

Die **Bodenschicht** ist die Heimat von Moosen, Flechten, Pilzen und Kräutern. Hier leben Insekten, Spinnen und Schnecken. Außerdem sammeln sich all die abgefallenen Nadeln und Blätter. Sie werden langsam von vielen kleinen Lebewesen zernagt, bis irgendwann Erde daraus wird.

Mein Lexikon

Insekten und Larven:
Insekten sind die größte Gruppe unter den Tieren. Sie haben sechs Beine und einen dreiteiligen Körper, der aus Kopf, Brust und Hinterleib besteht. Bei Ameisen, Fliegen oder Ohrwürmern sind diese drei Teile gut zu erkennen, bei einigen Insekten wie Wanzen dagegen nur schwer. Den Nachwuchs von Insekten nennt man *Larven.* Viele sehen ihren Eltern überhaupt nicht ähnlich. Erst später entwickeln sich daraus die fertigen Insekten.

Über dem Boden beginnt die **Krautschicht**. Hier wachsen Farne, Blumen, Gräser und keimende Jungbäume.

Zur darüberliegenden **Strauchschicht** gehören Büsche wie Holunder, Weißdorn und Hasel. Die Blüten der Büsche versorgen viele Insekten mit Nektar, die Früchte ernähren Vögel, Mäuse und Eichhörnchen.

Das oberste Stockwerk ist die **Baumschicht**. Wenn die Bäume ein dicht geschlossenes Dach bilden und nur wenig Licht durchlassen, wachsen am Boden nur ein paar Kräuter und Sträucher. Kommt viel Licht hinein, entsteht eine üppige Kraut- und Strauchschicht.

Für Forscher

Sammle Blätter und Nadeln von vielen verschiedenen Bäumen und Büschen. Wie viele Arten findest du? Von welchen kennst du die Namen?

Schlaue Frage

Was ist ein „Baum des Jahres?“

Seit 1989 wird von Fachleuten jedes Jahr eine Baumart zum „Baum des Jahres“ ernannt. Der Verein Baum des Jahres e. V. möchte so darauf aufmerksam machen, wie wichtig Bäume sind, und Kindern die Natur näherbringen. In den letzten Jahren wurden zum Beispiel der Feldahorn, die Traubeneiche und der Wildapfel ausgewählt.

Moose, Farne, Pilze, Flechten

Für Forscher

Nimm ein Mooskissen aus dem Wald mit nach Hause, lass es zwei bis drei Tage lang gründlich austrocknen und wiege es. Lege es dann in eine große Schale mit Wasser, damit es sich komplett vollsaugen kann, und wiege es noch einmal. Du wirst staunen, wie viel schwerer das Kissen jetzt ist!

Ohne Moos wäre der Wald arm dran. Moose speichern unglaublich viel Wasser und geben es nur langsam wieder ab. Sie funktionieren wie viele kleine Wassertanks und sorgen dafür, dass es im Wald nie so trocken wird wie im Umland. Falls sogar die Moose mal austrocknen, gehen sie einfach in Trockenschlaf. Sobald Regen, Tau oder Nebel die Polster anfeuchten, wachen sie wieder auf und wachsen weiter, als wäre nichts geschehen.

Farne mit ihren wunderschön gefiederten Blattwedeln haben es wie Moose gerne schattig und feucht. Sie blühen nicht und ihre staubfeinen Sporen, durch die sie sich vermehren, werden vom Wind verbreitet.

Im Moospolster finden Insekten fast immer Wasser.

Der Wurmfarn ist wie alle Farne giftig.

Der Steinpilz lebt mit Fichten, Kiefern und anderen Bäumen in einer Gemeinschaft, die man Symbiose nennt.

Pilze können auch dort wachsen, wo es ganz dunkel ist. Sie sind nämlich keine Pflanzen und brauchen deshalb kein Sonnenlicht. Pilze leben von den Überresten toter Tiere und Pflanzen. Auch wenn wir es nicht sehen: Der ganze Wald ist voller Pilze. Sie ziehen sich nämlich als dichtes Geflecht durch den Waldboden. Über der Erde wächst nur ein kleiner Teil des Pilzes, den man Fruchtkörper nennt.

Flechten sind etwas ganz Merkwürdiges: Sie sind keine Pflanzen, sondern eine Lebensgemeinschaft aus Pilz und Alge. Wie Krusten sitzen sie auf Steinen oder hängen wie Bärte von Ästen.

Mein Lexikon

Symbiose:
Wenn zwei unterschiedliche Lebewesen ihr Leben so miteinander teilen, dass beide einen Vorteil davon haben, nennt man das *Symbiose*. Pilze und Bäume unterstützen sich zum Beispiel gegenseitig. Mit seinem haarfeinen Wurzelgeflecht hilft der Pilz dem Baum, Wasser und Nährstoffe aufzunehmen. Dafür bekommt er vom Baum Zucker.

Auf dieser Kiefernrinde haben sich Flechten angesiedelt. Sie leben dort, wo es für andere Lebewesen zu trocken ist und es zu wenig Nährstoffe gibt.

Leben im Dämmerlicht

Wie schaffen es eigentlich Blumen, Gräser und Sträucher, im Wald zu überleben? Unter Baumkronen kann es ganz schön düster sein und Pflanzen brauchen doch Licht! Aber Haselwurz, Sauerklee und die anderen Waldblumen haben sich an das Dasein im Halbschatten angepasst. Sie kommen auch mit Dämmerlicht zurecht, in dem Wiesenblumen sofort eingehen würden.

Zum Überleben mag den Waldblumen das bisschen Licht ja reichen, zum Blühen und Samenbilden genügt es aber nicht. Doch sie haben einen genialen Trick: Sie blühen einfach so früh, dass die Blätter der Bäume noch nicht ausgetrieben haben und durch die kahlen Äste noch jede Menge Sonnenlicht auf den Boden fällt. Kein Wunder, dass sich im Wald das schönste Blütenmeer schon im Frühling ausbreitet, auf der Wiese aber erst im Frühsommer. Viele Waldblumen ziehen ihre Blätter übrigens schon kurz nach der Blüte wieder zurück, zum Beispiel die Märzenbecher, die du auf dem Bild siehst. Sie speichern all ihre Kräfte in unterirdischen Knollen, Zwiebeln und Wurzelstöcken – bis zum nächsten Frühjahr.

Mein Lexikon

Frühjahrsblüher:
Blumen, die in Laubwäldern blühen, noch bevor die Bäume austreiben, heißen *Frühjahrsblüher.*

Keine Pflanze kann bei so wenig Licht überleben wie der Sauerklee. Er fühlt sich sogar im düsteren Nadelwald wohl.

Bäume des Waldes

Schlaue Frage

Welche Zapfen findet man im Wald?
Auf dem Waldboden findest du Fichtenzapfen und kleine, runde Kiefernzapfen. Tannenzapfen zerfallen, wenn sie reif sind. Ganze Tannenzapfen kannst du also nur am Baum entdecken.

Für Forscher

Wenn ein Zweig abbricht und im Boden stecken bleibt, kann er Wurzeln bekommen. Aus dem Zweig entsteht dann ein neuer Baum. Probier's mal aus: Brich einen Weidenzweig ab, stecke ihn in einen Topf mit Erde, halte die Erde immer gut feucht und warte ab, was passiert!

Am leichtesten lernt man die Bäume des Waldes kennen, wenn man sich ihre Blätter genau anschaut. Die Blätter der Buche sind eiförmig und haben glatte, leicht gewellte Ränder. Buchen sind die häufigsten Laubbäume in unseren Wäldern. Ihr Blätterdach lässt so wenig Sonnenlicht durch, dass auf dem Waldboden fast keine anderen Baumarten wachsen. Eichenblätter sind an den Rändern mehrfach eingebuchtet. Sie sind bei vielen Insekten und ihren Larven beliebt, die Früchte mögen Rehe, Hirsche, Wildschweine, Eichelhäher, Spechte und Eichhörnchen. Die Linde kann etwa tausend Jahre alt werden und hat ungefähr handtellergroße Blätter, die aussehen wie Herzen. Die Blätter des Bergahorns erkennst du an ihrer eigenartigen Form mit den fünf Lappen.

Der Fichtenzweig ist von allen Seiten benadelt – er erinnert an eine stachlige Flaschenbürste. Eine Fichtennadel kann bis zu 13 Jahre lang am Zweig bleiben, bevor sie abfällt. Die Nadeln der Tanne sind meist seitlich am Zweig wie die Strahlen einer Feder. Anders als die hängenden Fichtenzapfen sitzen Tannenzapfen aufrecht auf den Zweigen.

Buchenblätter

Eichenblätter

Lindenblätter

Bergahornblätter

Fichtenzweig

Tannenzweig

Der Zoo der Krabbeltiere

Für Forscher

Du brauchst nur eine Handvoll Streu vom Waldboden und eine Lupe. Zwischen den zerfallenden Blättern, den Rinden- und Zweigresten wirst du viele kleine Lebewesen entdecken – vom Kugelspringer über verschiedene Asseln bis zu Regenwürmern und kleinen Schnecken. Vielleicht findest du sogar ein Blattskelett – das hauchfeine Netzwerk aus Adern ist das, was von einem Blatt am längsten übrig bleibt.

Die meisten Tiere des Waldes sehen wir gar nicht. Sie sind im Boden, im Moos und in Baumstämmen zu Hause. Dort leben sie vom „Biomüll“: von abgefallenen Zweigen, Blättern und Nadeln, von umgestürzten Bäumen und toten Tieren. Insekten, Milben und Springschwänze, Bakterien und Pilze zerlegen Totholz, Laub und Nadeln in immer kleinere Teilchen. Die mürben Reste werden von Regenwürmern gefressen und dabei gründlich mit Erde vermischt. Was die Würmer schließlich wieder von sich geben, ist die beste, fruchtbarste Erde, die sich ein Gärtner nur wünschen könnte.

Der Hirschkäfer wird bis zu neun Zentimeter groß und ist bei uns leider sehr selten geworden. Die Weibchen legen ihre Eier in totes und verpilztes Holz.

Der Braune Kugelspringer wird nur einen Millimeter groß, lebt in abgefallenen Blättern und totem Holz und knabbert Pflanzenreste und Pilze.

Bockkäfer lieben Holz – jeder auf seine Art. Der Alpenbock zum Beispiel sucht für seine Larven nach gerade abgestorbenem Buchenholz.

Die Larven des Wespenbocks wachsen in abgestorbenen Ästen von Eichen, Buchen und Obstbäumen heran.

Für viele Tiere sind besonders tote Baumstämme ein gefundenes Fressen. Bockkäfer, Prachtkäfer und andere legen ihre Eier in Rindenritzen, damit ihre Larven nach dem Schlüpfen gleich Futter im Überfluss vorfinden. Käferlarven gehören zu den wichtigsten Helfern beim Zerlegen von totem Holz. Wildbienen benutzen später die Gänge der Larven für ihren eigenen Nachwuchs und auch Ameisenvölker wohnen in zerfallenden Baumstümpfen. Jede Menge räuberische Insekten und Vögel durchsuchen das tote Holz nach seinen Bewohnern und fressen sie.

Unzählige winzige Lebewesen ernähren sich von heruntergefallenem Laub.

Kein Leben ohne Bäume

Schlaue Frage

Woher weiß ein Specht, wo es Beute gibt?
Der Specht klopft erst mal probeweise auf die Rinde. Am Klang hört er dann genau, ob dahinter ein Insektengang ist oder nicht. Wo es hohl klingt, lohnt es sich, in die Tiefe zu hacken.

Mein Lexikon

Horst:
Das Nest von Greifvögeln und anderen großen Vögeln – zum Beispiel von Störchen – nennt man *Horst*.

Viele Tiere könnten ohne Bäume überhaupt nicht leben! Große alte Bäume sind ihre Futterquelle, ihr sicherer Unterschlupf, ihr Ausguck und ihr Kinderzimmer. Der bekannteste Baumbewohner ist wohl das Eichhörnchen. Wendig wie ein Kunstturner klettert, springt und saust es die dünnsten Zweige entlang und flitzt oft sogar seinem schlimmsten Feind, dem Baummarder, davon.

Spechte hängen so sicher an der Baumrinde wie Fliegen an der Wand. Sie hacken mit kräftigen Schnabelhieben die Rinde weg und angeln mit ihrer langen, klebrig-borstigen Zunge Insektenlarven aus ihren Gängen heraus.

Verlassene Bruthöhlen von Spechten sind erstklassige Wohnungen für alle möglichen Tiere. Besonders die tiefen Höhlen der Schwarzspechte werden gerne von Raufußkäuzen, Dohlen, Hohltauben und sogar von Fledermäusen, Siebenschläfern und Hornissen genutzt. Auch Bussarde und Habichte brauchen große Bäume zum Brüten. Ihre Nester bauen sie meistens in der Nähe des Stammes weit oben in der Baumkrone.

Eichhörnchen sind die Meisterturner im Wald.

Für Forscher

Sieh dir beim nächsten Waldspaziergang den Boden genau an. Wenn du unter einem großen Baum kalkweiße Spritzer entdeckst, ist das der Kot eines Greifvogels und du hast seinen Sitzplatz gefunden.

Baummarder klettern so gut, dass kaum eine Bruthöhle vor ihnen sicher ist.

Der Schwarzspecht wird so groß wie eine Krähe. Er baut seine Höhle gerne in alten Bäumen.

So ein Glück: Der Raufußkauz hat eine verlassene Schwarzspechthöhle gefunden.

Buntes Vogelvolk

Schlaue Frage

Singen Vögel, weil sie gut gelaunt sind?
Nein, sie singen, um ihre Gegner einzuschüchtern. Ihr Lied bedeutet in etwa: „Dieses Revier ist besetzt! Sieh bloß zu, dass du verschwindest!“ Weibchen verstehen die Botschaft natürlich ganz anders: Wer da singt, hat ein eigenes Grundstück und kann einen sicheren Nistplatz bieten. Den sollte man unbedingt näher kennenlernen!

Wie sieht wohl ein Paradies für Vögel aus? Ein alter Mischwald mit vielen verschiedenen Bäumen, reichlich Sträuchern und einem dichten Teppich aus Blumen auf dem Waldboden ist so ziemlich das Beste, was Vögeln passieren kann. In den Ritzen der Rinde finden sich jede Menge Krabbeltiere, auf dem Boden liegen Eicheln, Nüsse und Bucheckern herum, an Sträuchern hängen verschiedene Beeren und es gibt auch viele Verstecke.

Die **Schwanzmeise** fühlt sich im Mischwald am wohlsten. Sie ernährt sich von Blattläusen, die sie von den äußeren Zweigen der Bäume absammelt.

Die **Kohlmeise** frisst vor allem Insekten und deren Larven, die sie gerne auf den unteren, kräftigeren Ästen fängt. Sie brütet in Baumhöhlen.

Der **Kleiber** hat eine Haselnuss entdeckt. Nun muss er sie nur noch in eine passende Baumspalte klemmen, damit er die Schale weghacken kann.

Der **Eichelhäher** ist nicht zu überhören. Er ist die Alarmanlage des Waldes. Wenn ihm etwas verdächtig vorkommt, meldet er das mit durchdringendem Kreischen.

Der **Buchfink** brütet gerne hoch oben in den Kronen alter Bäume. Sein Nest tarnt er von außen so raffiniert mit Flechten, dass es von unten fast nicht zu sehen ist.

Das **Rotkehlchen** ist nicht sonderlich scheu und lässt sich im Wald leicht beobachten. Im roten Buchenlaub ist der kleine Vogel allerdings fast unsichtbar.

Der **Kernbeißer** brütet hoch oben in den Baumkronen. Mit seinem wuchtigen Schnabel kann er die harten Samen von Ahorn und Esche knacken.

Der **Zilpzalp** ist ein unauffällig graugrüner kleiner Vogel, der geschickt in den Zweigen herumklettert. Er singt, wie er heißt: „zilp-zalp-zilp-zalp“.

König Rothirsch und sein kleiner Cousin

Schlaue Frage

Was ist der Unterschied zwischen einem Geweih und Hörnern?
Ein Geweih, wie es Hirsche und Rehböcke auf dem Kopf tragen, wird jedes Jahr im Spätwinter abgeworfen und wächst dann neu nach. Schafe, Ziegen, Rinder und noch einige andere Tiere tragen dagegen Hörner auf dem Kopf. Hörner wachsen ein Leben lang weiter.

Mein Lexikon

Brunft:
Die Paarungszeit von Hirschen und Rehen, aber auch von anderen Huftieren heißt *Brunft*.

Der Rothirsch wird oft „König des Waldes“ genannt – ein ausgewachsenes Tier in seinem Rudel Hirschkühe ist auch wirklich ein königlicher Anblick! Besonders beeindruckend ist die Paarungszeit im Herbst. Laut „röhrend“ versuchen die männlichen Hirsche, einander einzuschüchtern, denn jeder will die Weibchen für sich allein haben. Wenn keiner nachgeben will, kommt es zum Kampf – bis der Schwächere schließlich zusieht, dass er wegkommt.

In der Paarungszeit „röhrt“ der Rothirsch so laut, dass man ihn kilometerweit hört: „Dieses Rudel Hirschkühe gehört mir, mir allein! Wer das nicht glauben will, der bekommt Ärger mit dem Chef!“

Die kleinen Gruppen, zu denen sich Rehe im Winter zusammentun, nennt man „Sprünge“.

Rothirsche leben das ganze Jahr über gesellig. Rehe aber führen ein ganz anderes Leben. Sie bilden nur im Winterhalbjahr kleine Rudel, in der übrigen Zeit des Jahres bleiben sie am liebsten für sich. Nur die Rehgeißen – die Weibchen – leben mit ihren Kitzen zusammen. In der Paarungszeit versucht jeder Rehbock, ein Stück Land gegen andere Männchen zu verteidigen. Wenn ein Bock den Duft einer paarungsbereiten Rehgeiß wittert, geht die wilde Jagd los. Kilometerweit läuft er hinter ihr her, bis sie schließlich stehen bleibt und zulässt, dass er sich mit ihr paart.

Schlaue Frage

Ist das Reh die Frau vom Rothirsch?
Nein, die Frau vom Rothirsch heißt Hirschkuh, das Junge nennt man Hirschkalb. Rehe und Rothirsche gehören zwar zur selben Familie, sind aber zwei unterschiedliche Tierarten.

Mein Lexikon

Paarung:
Bei der *Paarung* überträgt das männliche Tier Samen in das weibliche Tier. Daraus können sich Junge entwickeln, die einige Zeit später auf die Welt kommen. Man sagt, das männliche und das weibliche Tier paaren sich.

Nachts im Wald

Schlaue Frage

Warum fliegen Fledermäuse nicht gegen die Bäume?
Fledermäuse rufen beim Fliegen pausenlos. Und weil das Echo ihrer Rufe von allen Dingen und Lebewesen zurückgeworfen wird, wissen sie sogar im Stockfinsteren genau, wo ein Baum steht, wie weit der Boden entfernt ist und wo ein dicker, leckerer Nachtfalter fliegt. Fledermäuse haben sehr, sehr hohe Stimmen. Diese feinen Töne, die wir Menschen nicht hören können, heißen Ultraschall.

Nachts wird der Wald lebendig. Solange tagsüber Spaziergänger, Radfahrer und Hunde unterwegs sind, bleiben Reh, Fuchs, Dachs und Wildschwein in ihren Verstecken. In der Abenddämmerung aber wagen sie sich heraus und machen sich auf Futtersuche. Igel und Spitzmäuse sind nachts unterwegs, um Schnecken, Käfer und Regenwürmer zu finden. Fledermäuse sausen in wildem Zickzack hinter Nachtfaltern her. Und Eulen jagen im Mondlicht nach Mäusen.

Der Steinkauz hat eine Maus erwischt! Wie alle Eulen hat er auf den Federn einen hauchzarten Flaum, der seinen Flug geräuschlos macht.

Wildkatzen sehen aus wie normale, kräftige Hauskatzen, aber anders als ihre zahmen Verwandten wollen sie mit uns Menschen nichts zu tun haben. Sie haben noch feinere Nasen als Hunde und können im Dunkeln hervorragend sehen.

Füchse jagen am liebsten nachts, wenn wir Menschen nicht mehr unterwegs sind. Ihre Lieblingsbeute sind übrigens nicht Gänse, auch wenn das ein bekanntes Kinderlied behauptet, sondern Mäuse und Regenwürmer!

Wildschweine kommen erst nachts heraus und suchen nach Knollen, Würmern und Mäusen. Um eine Wildschweinmutter mit Frischlingen sollte man einen großen Bogen machen. Wenn sie glaubt, dass ihre Jungen in Gefahr sind, könnte sie angreifen!

Auch Dachse kommen erst in der Abenddämmerung aus ihrem Bau. Sie sind mit dem schnellen Baummarder verwandt, aber selbst eher gemütlich unterwegs. Schnecken, junge Mäuse, Käfer und vor allem Regenwürmer erwischen sie auch so.

Die Heimkehrer: Wolf, Bär, Luchs

Wölfe bei uns? Die gibt's doch gar nicht, oder? Doch, die gibt's – und gar nicht mal so wenige. Sie sind aus Osteuropa eingewandert und fühlen sich vor allem im Norden und Osten Deutschlands wohl. Mittlerweile sind bei uns an die 250 Wölfe zu Hause!

Viele Menschen freuen sich sehr darüber, dass die Vorfahren unserer Hunde wieder zurückgekehrt sind. Wir haben genug Wälder, in denen sie Unterschlupf finden können. Und wir haben viele, sogar zu viele Rehe und Wildschweine, von denen sie satt werden können. Aber was ist, wenn sich ein Wolf mal statt der Rehe ein paar Schafe schnappt? Dann hilft dem Schäfer ein sogenannter Wolfsberater, seine Schafe künftig besser zu schützen (zum Beispiel mit Elektrozäunen), und die verlorenen Schafe werden ersetzt.

Nur eines wäre wirklich gefährlich und darf absolut nicht passieren: Die Wölfe dürfen nicht gefüttert werden und sich nicht an den Menschen gewöhnen. Wenn sie scheu bleiben und ihre eigenen Wege gehen, ist alles in bester Ordnung. Dann machen sie unsere Wälder noch schöner und reicher.

Seit ungefähr achtzig Jahren gibt es in Deutschland keine Bären mehr. Ein 2006 aus Norditalien eingewandertes junges Bärenmännchen musste geschossen werden, bevor es Menschen gefährden konnte. Es ging nicht anders.

Wie viele Luchse durch Deutschland ziehen, ist schwer zu sagen, denn sie bleiben am liebsten für sich.

Der Hüter des Waldes

Ein Förster zieht sich morgens seine grüne Jacke an und geht den ganzen Tag im Wald spazieren? Nein, so einfach ist das nicht. Ein Förster hat eine sehr schwierige Aufgabe: Er muss nicht nur Holz „herstellen“, sondern gleichzeitig auch noch die Natur schützen. Er sorgt dafür, dass im Wald verschiedenste Pflanzen und Tiere leben können und sich dort gleichzeitig Spaziergänger, Jogger, Radfahrer und Reiter erholen können.

Ein wichtiges Arbeitsgerät des Försters ist eine Farbsprühdose: Sowohl Bäume, die unbedingt stehen bleiben sollen, als auch Bäume, die beseitigt werden müssen, bekommen eine gesprühte Markierung.

Schlaue Frage

Ist ein Förster auch Jäger?
Nicht alle, aber die meisten Förster sind auch Jäger. Sie wissen viel über die Tiere in ihrem Wald und müssen zum Beispiel Rehe und Wildschweine schießen, damit sie sich nicht zu stark vermehren. Bei zu vielen Rehen könnten nämlich Jungbäume nur noch hinter Schutzzäunen aufwachsen. Aber wer mag schon einen Wald hinter Zäunen?

Der Förster organisiert die Arbeiten im Wald und entscheidet, was mit dem gefällten Holz passiert.

Pferde richten bei der Waldarbeit viel weniger Schaden an als schwere Maschinen.

Ein Förster muss eine Menge über Bäume wissen: Welcher Baum wächst auf welchem Boden am besten? Wie viel Licht und Wasser braucht er? Nur wenn der Förster sich auskennt, kann er Jungbäume an die richtigen Stellen pflanzen lassen, damit sie zu starken Bäumen heranwachsen.

Natürlich säen sich Bäume auch selbst aus. Dann muss sich der Förster darum kümmern, dass sie nicht zu dicht stehen. Und wenn sie groß genug sind, muss er entscheiden, welche gefällt und wie sie verarbeitet werden. Zu seinen Aufgaben gehört auch eine Menge Schreibarbeit. Förster müssen oft mehr Zeit im Büro verbringen, als ihnen lieb ist.

Für Forscher

Überlege, welche Dinge aus Holz hergestellt werden. Möbel und Holzhäuser fallen dir wahrscheinlich als Erstes ein. Aber Holz steckt auch in Dingen, denen man es auf den ersten Blick gar nicht ansieht. Sieh dich zu Hause mal genau um, wo du überall Holz entdeckst!

Wald in Gefahr

Schlaue Frage

Warum fressen Rehe nicht Gras statt junger Bäume?

Rehe brauchen Futter mit ziemlich viel Eiweiß. Gras hat nicht genug Eiweiß. Würde man ein Reh nur mit Gras füttern, würde es mit vollem Magen verhungern.

Für Forscher

Schau dich beim nächsten Waldspaziergang einmal genau um. Siehst du einen Zaun, hinter dem junge Bäume wachsen? Kannst du auch außerhalb des Zauns Bäumchen sehen? Wo wachsen mehr?

Wenn man durch einen schönen alten Wald geht, glaubt man, diesen gewaltigen Bäumen könnte nichts und niemand etwas anhaben – aber das täuscht. Schau einmal genauer hin: Manche Fichtenzweige haben viele Nadeln verloren und einige Laubbäume sehen merkwürdig vertrocknet aus. Daran ist vor allem die Luftverschmutzung schuld. Abgase aus Autos, Fabriken und Schornsteinen steigen in die Luft und verbinden sich in den Wolken mit dem Wasserdampf zu einer verdünnten Säure. Diese üble Mischung fällt als saurer Regen wieder auf die Erde. Saurer Regen schadet nicht nur den Blättern und Nadeln, er schwemmt auch Nährstoffe aus dem Boden und zerstört die feinen Wurzeln. Weil sie nicht mehr gut versorgt werden, sehen manche Bäume „durstig“ aus, obwohl der Boden eigentlich feucht genug ist.

Jedes Jahr keimen Unmengen von Jungbäumen im Wald. Können die nicht nach und nach die sterbenden Bäume ersetzen? Leider klappt das oft nicht – und das liegt vor allem an den vielen Rehen. Sie lieben junge Tannen und Laubbäume! Kaum eine Knospe lassen sie ungestört wachsen.

So sieht ein Wald aus, in dem sich Borkenkäfer ausgebreitet haben. Wenn Bäume krank und geschwächt sind, werden sie viel leichter von verschiedenen Insekten befallen, denen Holz oder Blätter schmecken.

Zarte Knospen und junge Blättchen von Bäumen sind die Leibspeise von Rehen. Das Ergebnis ihres Knabberns sind verknorpelte, knotige Baumzwerge, die kaum wachsen und irgendwann absterben.

Für Forscher

Such dir im Wald mal ein paar Jungbäume, die nicht eingezäunt sind, und schau sie dir genau an. Sehen die Spitzen merkwürdig aus? Wachsen sie eher in die Breite als in die Höhe? Dann haben Rehe die Bäumchen angeknabbert. Manche gerade mal kniehohen Jungbäume sind schon 15 Jahre und älter!

Wir gehen in den Wald

Für Forscher

Hast du auf dem Waldboden schon mal solche filzigen, graubraunen Knödel gesehen? Das sind die Gewölle einer Eule. So nennt man die Reste – also die Knochen und das Fell – ihrer Beutetiere, die sie nicht verdauen kann und deshalb als kleine Päckchen wieder ausspuckt. Wenn du eines findest, nimm es auseinander. Es ist spannend nachzusehen, was drin ist.

Nun weißt du schon so viel über den Wald, seine Pflanzen und seine Bewohner – höchste Zeit also, ihn „persönlich“ besser kennenzulernen! An ein paar wichtige Dinge solltest du bei deinem Waldausflug unbedingt denken:

Nimm ein Fernglas mit, damit du Vögel und größere Tiere beobachten kannst. Eine Becherlupe ist eine gute Hilfe, um sich Kleintiere genauer anzusehen. Packe auch einen Notizblock und Buntstifte ein. So kannst du aufschreiben oder malen, was du beobachtet hast. Wenn du ein Bestimmungsbuch für Pflanzen und Tiere hast, kannst du es auch noch einstecken.

Mach keinen Lärm, um die Tiere nicht zu stören, und lass keinen Abfall liegen.

Du darfst schon mal vorsichtig einen Stein umdrehen oder ein wenig in einem morschen Baumstamm stochern, um herauszufinden, wer dort wohnt. Aber immer wenn du merkst, dass sich Tiere gestört fühlen, zieh dich bitte sofort zurück. Sie sind die Hausherren im Wald, wir sind nur die Besucher.

Hast du schon mal Ameisen gefüttert? Krümle einfach ein paar Meter vom Haufen entfernt ein Stück Keks auf den Boden und beobachte, was passiert.

Spitz mal die Ohren, ob du einen Vogel singen hörst, der jede Strophe drei- oder viermal wiederholt. Das ist ganz sicher ein Singdrosselmännchen.

Wenn du kleine Tiere in der Becherlupe angesehen hast, setze sie wieder dorthin zurück, wo du sie gefangen hast.

Sammelt einige Zapfen vom Boden auf und legt sie aus wie einen Teppich. Zieht die Schuhe aus und lauft darüber. Fühlt sich lustig an, oder?

Die Autorin

Veronika Straaß ist Diplom-Biologin und als Autorin, freie Journalistin, Übersetzerin und Lektorin tätig. Sie hat bereits zahlreiche Bücher und Zeitschriftenartikel für Kinder und Jugendliche verfasst. Es ist ihr wichtig, den jungen Lesern die Natur vor unserer Haustür näherzubringen. In ihrer Freizeit beschäftigt sie sich gerne mit ihrer Eurasier-Hündin Luna.